lapa
UITGEWERS

Vir al die dieremaats wat dwarsoor die wêreld
tydens die grendeltyd vir mensekinders
geselskap was en steeds is – WM

Vir Martin, wat altyd daar is vir my en van
die begin af in my kunstalent geglo het – SO

© Publikasie: LAPA Uitgewers,
'n afdeling van Penguin Random House Suid-Afrika (Edms.) Bpk.
Growthpoint Business Park
Tonettistraat 162
Halfway House, Uitbreiding 7
Midrand
Tel.: 011 327 3550
E-pos: lapa@lapa.co.za

© Teks: Wendy Maartens 2021
© Illustrasies: Shayna Olivier 2021
Uitgewer: Nandi Lessing-Venter
Redigering: Jackie Pienaar-Brink

Voorblad-tipografie en grafiese uitleg deur Renthia Buitendag — Stickart
Geset in 21 pt op 14,5 pt GeosansLight

Gedruk en gebind deur ABC Press

Eerste druk 2021

ISBN 978 1 776 3503 6 0 (gedrukte boek)
ISBN 978 1 7763 5037 7 (e-boek)

DONKIE
se lang pad dorp toe

en 19 ander FANTASTIESE FABELS

WENDY MAARTENS
ILLUSTRASIES DEUR SHAYNA OLIVIER

www.lapa.co.za

Inhoud

VOORWOORD

Ek het nog altyd in my katte en papegaai se oë gekyk en gesien hulle verwonder hulle aan ons mensekinders wat altyd woel en werskaf.

Ons vroetel met fone en rekenaars. Ons maak planne en praat sonder ophou. Die een dag bou ons 'n duikboot om die donker dieptes van die oseaan te verken. Die volgende dag bou ons 'n ruimtetuig om die geheime anderkant die verste ster te ontrafel.

Op 'n dag draai Nanniekat haar kop skuins asof sy wil sê: "As julle net lank genoeg stil sit, kan ons vir julle alles leer wat julle so skarrel om te weet."

Haar woorde was skaars koud toe keer 'n piepklein virus die hele wêreld op sy kop. Skielik moet al ons mensekinders tuisbly. Ons moet maskers dra en hande was dat die velle waai. Ons mag nie by familie of vriende kuier nie en net winkel toe gaan om kos te koop.

Net Nanniekat en haar maats kan kom en gaan soos hulle wil.

Weg is die vliegtuie! Die blou lug behoort weer aan Swaeltjie, Duif en Arend.

Rob, Krap en Seester kan na hartelus in die vlak water speel sonder om bang te wees iemand maak hulle seer.

Takbok en Beer kan uit die woud kom en aan die dorpenaars se blomme en vrugte proe (en soms deur 'n venster loer!).

Tot Walvis en Dolfyn ontspan vir 'n rukkie want niemand wil hulle vang nie. Regoor die aardbol klim, klouter, jakker en jol die diere.

In die huise sit ons mensekinders bang en ingehok.

Vir die heel eerste keer sien ons ons dierevriende regtig raak.

Vir die heel eerste keer weet ons hoe dit voel om toegesluit te wees.

Vir die heel eerste keer maak ons ons harte oop om by hulle te leer.

Nanniekat het die 20 belangrikste lesse uitgekies.

Kraai het alles neergeskryf.

Sekretarisvoël het met die spelling gehelp.

Kiewiet het kort-kort geroep om seker te maak niemand raak aan die slaap nie.

En **Pelikaan** het dit self by my kom aflewer.

Al wat jy hoef te doen, is om lekker te lees!

Liefde

Wendy Maartens & Nanniekat

Table View

2021

DONKIE
word jaloers

Eendag lank gelede, toe mense nog op wolke kon sweef, was daar 'n
boer wat baie lief vir sy diere was. Sy vrou het elke oggend vir hom koffie
in sy blou beker geskink. Dan het hy vir haar 'n soentjie gegee, sy kierie
gevat en beker in die hand by die agterdeur uitgestap.

Op die trappie by die agterdeur wag sy hondjie. So ver as wat Boer
stap, spring en blaf sy en kap sy esse. Boer glimlag tevrede en groet sy diere
een vir een.

Gans kom met oop vlerke aan om 'n drukkie te kry. Perd leun oor die
staldeur om met sagte lippe aan Boer se ore te knibbel. Koei se warm asem
maak wolkies terwyl sy sê: "Moeee-nie gou loop nie!"

Donkie is heel laaste aan die beurt. Hy staan by sy kamp se hek en wag
dat Boer sy lang ore vryf.

Sodra Boer klaar is, drink hy sy laaste slukkie koffie en stap terug huis toe.

Donkie kyk hartseer hoe Boer se hondjie al op sy hakke saam huis toe draf. Hy wens hy kan ook heeldag by Boer wees.

Donkie sien hoe Boer op 'n stomp gaan sit om sy veter vas te maak. Woep! spring die hondjie op sy skoot. Boer lag uit sy maag. Toe sit die hondjie sy pote op Boer se skouers, lek sy wange en gee drie kort blaffies.

Boer los sy skoen om die hondjie se magie te kielie. Die klein kalant se agterpoot **skop-skop** van lekkerkry.

Donkie is op die daad jaloers. "Dis sommer nonsens!" brom hy. "Van nou af gaan ék op Boer se skoot sit!"

Die res van die dag woel Donkie die knip van die hek los. Daardie aand kan hy glad nie slaap nie. Hy dink heeltyd hoe hy op Boer se hakke gaan draf en esse oor die werf gaan kap. Om nie te praat van hoe lekker dit gaan wees om op Boer se skoot te sit nie. Daardie brak sal hom wat verbeel.

Die volgende oggend is Boer se beker nog nie eers leeg nie, toe storm Donkie op hom af. Hy hop en hy bop en hy skop agterop. Tussenin kap hy 'n es of twee in die stof.

Boer lag dat sy groot maag skud en die trane oor sy wange rol.

"Vrou! Vrou! Kom kyk!" roep hy.

Sy woorde is skaars koud, toe besluit Donkie dis tyd vir 'n bietjie skootsit. Hy duik Boer plat teen die boomstomp. Die blou koffiebeker trek met 'n boog deur die lug.

Arme Boer sit skaars, toe is Donkie op sy skoot. Die arme man kreun en steun en hyg na sy asem. Dit help niks. Donkie lek Boer se wange nerf-af met 'n lang pienk tong.

Toe dit vir Boer voel asof sy bene gaan breek, sit Donkie sy pote op die arme man se skouers. *Nou moet Boer nog net my maag kielie,* dink hy in sy skik. *Al wat ek dan hoef te doen, is om nes daardie simpel hond met my agterpoot te skop-skop van lekkerkry.*

Die volgende oomblik kom Boer se vrou om die draai. Sy skree soos 'n maer vark. Op haar hakke is Boer se drie seuns met stokke en grawe en besems. Arme Donkie skrik hom boeglam en los Boer soos 'n warm patat.

Boer is asvaal geskrik. Sy hare is papnat gelek en sy knope is almal af. Daar is nie 'n plek aan sy lyf wat nie pyn nie.

Boer se seuns tel hom op en dra hom huis toe. Sy vrou plak pleisters op al die stukkende plekke en smeer salf aan sy nerfaf wange.

Daardie aand staan Donkie in sy kamp na die maan en kyk. Hy dink oor die dag en alles wat gebeur het. Hy is glad nie lus om aan die knip te vroetel nie. Ook nie om te hop en te bop en agterop te skop nie. Nog minder om op Boer se skoot te sit.

Hy het 'n duur les geleer. Dít is dat 'n mens dadelik moet stop as jou manewales iemand seermaak. Al bedoel jy dit ook hoe goed.

Maar ai, dit sou darem lekker wees as Boer sy maag kan kielie. Al is dit net een keer ...

'n Grap is nie snaaks as iemand seerkry nie.

MUGGIE
sien kans vir
LEEU

Eendag lank gelede, toe volstruise nog kon vlieg, was daar 'n muggie. Al was hy piepklein, was hy net mooi bang vir niks. Dis omdat sy ma hom van kleins af geleer het hy is baie sterker as wat hy dink.

Een oggend kom Muggie agter hy kan ook 'n skaduwee maak. Van toe af is daar nie keer aan die meneertjie nie.

Hy bult sy piepklein spiertjies en stamp sy piepklein voetjies. "Ek is die grootste, sterkste dierasie in die hele wye wêreld!" roep hy en slaan op sy piepklein borskassie.

Muggie se ma wil nog keer, maar dis te laat. Haar seun het heeltemal kop verloor. Hy vlieg op en af en blaas toe-te-roe-toet! op 'n trompet. Dit help glad nie sy vertel hom daar is duisende diere wat groter en sterker as hy is nie. Nog minder dat hulle skaduwees kan maak wat die dag soos nag laat lyk.

Daardie aand sê sy vir Muggie se pa: "Die kind is heeltemal die kluts kwyt. Hy dink hy is so groot soos 'n berg en so sterk soos 'n os. As hy sy sin kan kry, gryp hy Leeu aan sy snorbaarde. En daardie trompet gaan my nog mal maak. Wat het jou besiel om dit vir hom te koop?"

Haar woorde is skaars koud of Muggie pyl op Leeu af. Eers blaas hy toe-te-roe-toet! op sy trompet en toe byt hy Leeu tussen sy groot geel oë.

"Skoert!" brul Leeu en klap wild met sy skerp kloue.

Muggie is heeltemal te rats. Hy glip met 'n toe-te-roe-toeeeet! tussen Leeu se kloue deur.

Nou is Leeu woedend. Hy klap wild en wakker.

Hoe meer hy klap, hoe ratser word Muggie.

Nie lank nie of Leeu klap homself kabaf! dat sy neus bloei.

Muggie slaan bollemakiesie van die lag. "Ek is die grootste, sterkste dierasie in die hele wye wêreld!" skree hy met sy piepstemmetjie en bult weer sy spiertjies.

Net Spinnekop dink dis nie snaaks nie. Sy sit tjoepstil in haar web en hou alles fyn dop. Toe Muggie sy oë uitvee, hang hy onderstebo aan

die taai drade. Spinnekop lek haar wollerige lippies af en smyt Muggie se trompet dat dit doer trek.

Muggie skrik sy asem weg.

En dit was die laaste sien van die blikkantien.

Niemand is so sterk dat hy nooit kan verloor nie.

VLERMUIS, braambos en SEEMEEU hou vergadering

Eendag lank gelede, voordat seewater nog sout was, was daar 'n vlermuis, 'n braambos en 'n seemeeu. Die drie het heeldag gedroom oor hoe ryk hulle eendag gaan word.

Op 'n dag sê Vlermuis: "Dit help nie ons sit net hier en droom nie!"

"Ja," sê Braambos skaam. "My ma het altyd gesê van sit en staan kom niks gedaan."

"Daar sê jy nou 'n ding!" krys Seemeeu.

"Ek het al deur genoeg vensters in hierdie dorp geloer om te weet ryk mense hou gedurig vergaderings," sê Vlermuis parmantig.

"Ons het nog nooit vergadering gehou nie," sê Braambos.

"Dalk is dít hoekom ons arm bly!" lag Seemeeu dat jy hom wie weet waar kan hoor.

"Alle grappies op 'n stokkie," beveel Vlermuis. "Sodra die son more-oggend opkom, hou ons vergadering. Dan besluit ons wat ons gaan doen om ryk te word."

So gesê, so gedaan. Toe die son die volgende oggend sy kop oor die hoogste duin steek, is die drie reg om te begin.

"Ek het 'n plan!" krys Seemeeu opgewonde. "Kom ons word handelaars. Dan reis ons na 'n ver land en gaan maak dáár 'n klomp geld."

"Wat gaan ons verkoop?" wonder Braambos en krap sy kop.

"Gaan dink vanaand, dan kom ons moreoggend weer hier bymekaar," sê Vlermuis.

"Nie nóg 'n vergadering nie!" kla Seemeeu.

"Wil jy ryk word of arm bly?" raas Vlermuis.

Seemeeu sê eerder niks. Hy sit eerder in nog tien vergaderings as om arm te bly.

Die volgende oggend toe die son sy kop oor die hoogste duin steek, kom die drie weer bymekaar. Almal het heelnag lank planne gemaak. Hulle is vuur en vlam. Al wat Vlermuis hoef te doen, is om die planne op 'n stuk seebamboes te skryf:

1. Vlermuis leen geld vir die reis en huur 'n boot.
2. Braambos kry 'n klomp klere in die hande en bring dit saam.
3. Seemeeu duik sinkers uit en bring die lood saam.
4. Vertrek op die eerste dag van die lente.

Kort voor lank is Vlermuis kant en klaar geskryf. Seemeeu leen Vlermuis se veer en bottel ink. Daarna kry elkeen 'n beurt om sy handtekening onderaan te maak.

Van toe af werk die drie dat die biesies bewe. Toe die eerste dag van die lente aanbreek, is alles gereed. Vlermuis, Braambos en Seemeeu is so opgewonde dat hulle oor mekaar val om alles op die boot te laai.

Terwyl die boot stadig uit die hawe vaar, gooi Vlermuis 'n muntstuk in die water. Al drie draai drie keer in die rondte en wens dat hulle een van die dae skatryk sal wees.

In plaas van geld, kry hulle net moeilikheid.

Sommer gou pak donker wolke saam. Dit donderweer en blits en die wind huil soos 'n trop honger wolwe.

"O, genadetjie tog! Die golwe is so hoog soos huise!" huil Braambos en klou met sy doringarms aan Vlermuis.

In 'n japtrap slaan die golwe die boot vol gate. Dit maak 'n spoor wit borrels tot op die bodem van die see. Saam met die boot sink Vlermuis se geld, Braambos se klere en Seemeeu se lood.

Gelukkig kry elkeen 'n plank beet en hulle klou vir al wat hulle werd is. Stadig maar seker spoel die branders hulle strand toe.

Van daardie dag af is Vlermuis doodbang hy loop die mense raak by wie hy geld geleen het. Daarom kruip hy bedags weg en kom net snags uit.

Braambos se takke rank weer die wêreld vol. Hy gryp na almal wat verbykom se klere om te kyk of dit nie dalk aan hom behoort nie.

Seemeeu vlieg heen en weer oor die branders. Net nou en dan duik hy onder die water in om sy lood te soek.

Al drie is so bekommerd oor hul besittings wat op die seebodem lê, dat hulle skoon vergeet hulle het klaar alles wat 'n vlermuis, 'n braambos en 'n seemeeu elke dag nodig het om gelukkig te wees.

Moenie net dink aan wat jy kort nie, waardeer wat jy het.

Die grootste AAP van almal

Eendag lank gelede, toe ape nog hul eie koninkryk gehad het, was daar twee seuns. Die een was goed en gaaf en het altyd die waarheid gepraat. Die ander een was rof en onbeskof en het gejok sonder om 'n oog te knip.

Op 'n dag besluit die twee om op reis te gaan.

Die seun wat altyd die waarheid praat, pak 'n boek, 'n sakdoek en 'n appel in sy rugsak.

Die seun wat graag jok, gaps sy pa se pet, prop sy sakke vol gesteelde kougom en blaas sy neus vir oulaas in sy ma se nuwe gordyn. Toe val die twee fluit-fluit in die pad.

Nie lank nie of hulle bereik die land van die ape.

"Stop!" skree 'n groot aap. "Ons koning wil weet wat julle twee reisigers van hom en sy onderdane dink!"

Voordat die seuns iets kan sê, spring 'n hele trop ape in die pad en sleep hulle na die paleis.

"Wat gaan nou van ons word?" fluister die seun wat altyd die waarheid praat benoud.

"Dít word 'n avontuur genoem!" sê die seun wat graag jok op sy gemak en blaas 'n groot groen borrel.

Toe die twee hul oë uitvee, staan hulle voor die troonsaal se deur. Die groot, vet koning sit op 'n troon wat soos 'n goue piesang lyk. Rondom hulle staan ape in rye se ver as wat die seuns kan sien. Almal het gekom om te hoor wat die reisigers van die koning en sy onderdane dink.

"Die reisigers is hier, U Majesteit!" sê die groot aap en buig dat sy snoet amper aan die grond raak.

"Laat hulle inkom!" beveel die koning en skuif sy kroon reg.

Die seuns word tot reg voor die troon gebring. Die een wat altyd die waarheid praat, bewe so dat sy knieë teen mekaar kap. Die seun wat graag jok, blaas die een groen borrel na die ander.

"Na watter soort koning lyk ek vir julle?" vra die koning terwyl hy in sy een neusgat krap.

"U lyk vir my na 'n agtermekaar koning!" antwoord die seun wat graag jok met sy hande in sy sakke.

"En wat dink jy van my onderdane?" wil die koning weet terwyl hy in sy ander neusgat krap.

"U onderdane lyk asof hulle u waardig is," jok die seun verder en gee 'n groot gaap.

Die ape fluit en skree en klap so hard hande dat die kokosneute uit die bome val. 'n Yslike geskenk word aan die seun wat graag jok, oorhandig.

Die seun wat altyd die waarheid praat, skep 'n bietjie moed. "Mapstieks!" sê hy vir homself. "As my broer so vir sy leuens beloon word, dink net hoe mal gaan die spul ape oor my wees!"

"En wat dink jy van my en my onderdane?" vra die aapkoning skielik hier reg langs hom.

Die seun wat altyd die waarheid praat, wip eers soos hy skrik. Toe haal hy diep asem en sê: "U Majesteit, u is 'n regte, egte aap. En almal wat dink u is 'n goeie koning is nog groter ape!"

Skielik is dit so stil dat jy 'n speld kan hoor val. Toe bars 'n kabaal los wat die man in die maan sy ore laat toedruk. Al wat van die arme seun wat altyd die waarheid praat, oorbly, is sy appel.

Oor presies wat gebeur het, bly die man in die maan tot vandag tjoepstil. Hy weet mos nou wie die grootste aap van almal was.

Almal dink nie altyd soos jy nie.

KRAAI
gaan kuier in die Karoo

Eendag lank gelede, toe kraaie nog regte onderbaadjies gedra het, was daar 'n kraai wat op 'n plaas tussen 'n breë rivier en 'n blou Bolandse berg gewoon het.

Vandat Kraai kan onthou, het hy nog nooit honger gely nie. Daar is altyd genoeg kos in die veld of in Boer se plaashuis.

Kraai weet die groen kombuiskas in daardie plaashuis is propvol kos. Soms hoef hy nie eers verder as die vensterbank te vlieg waar Boervrou die vars brode laat afkoel nie.

27

Wanneer hy 'n ruk later probeer wegvlieg, is sy pens so dik dat sy pote 'n hele ent in die stof sleep voordat hy kan opstyg. Kraai kry nie eers skaam nie. Hy weet daar is nêrens in die hele wye wêreld lekkerder kos as in daardie plaashuis nie.

Kraai kan ook nie onthou of hy al ooit dors was nie. Die rivier is altyd vol en in die berg is strome te kies en te keur. Boonop is daar 'n deftige voëlbad in Boer se tuin waar hy saam met die ander voëls kan jakker en in die son lê.

Op 'n dag kry Kraai 'n brief van sy niggie uit die Karoo. Sy laat weet hy moet kom help. Haar man is siek en sy kan nie alleen na die klomp klein kraaitjies kyk nie.

Kraai is lankal lus vir lekker kuier. Hy pak sy sak en val in die pad. Hoe verder hy vlieg, hoe valer word die wêreld en hoe platter word die berge. Kort-kort stop Kraai om kos te soek en water te drink. Maar hoe verder hy vlieg, hoe langer sukkel hy om iets in die hande te kry.

Nie lank nie of Kraai besluit dis nie die moeite werd om kos te soek nie. Hy sal tevrede wees met net 'n paar slukkies water by 'n plaasdam.

Kort voor lank is die damme dolleeg. *Dan moet ek maar van windpomp na windpomp vlieg,* besluit Kraai. Dit help ook nie veel nie. Die windpompe se pype verdwyn onder die grond. Al staan Kraai op sy kop kan hy dit nie bykom nie. Toe land hy maar op 'n hek en sit homself en jammer kry.

Teen hierdie tyd is Kraai so dors dat dit voel asof 'n hele stofpad in sy keel sit. Om alles te kroon bewe sy bene soos die rooi jellie wat sy niggie vir hom sou maak as hy nie besig was om nou dood te gaan nie.

Op daardie oomblik blink iets in die verte. Kraai plooi sy voorkop en trek sy oë op skrefies. Iemand het sowaar 'n blikbeker op 'n stoep vergeet.

Kraai is te dors om te vlieg. Hy skraap al sy moed bymekaar en skuifel met hangvlerke tot by die blikbeker.

Onder in die beker is 'n bietjie water. Net genoeg om sy dors te les, maar net te ver om dit by te kom.

Kraai gaan sit op 'n trappie. Hy dink en dink en dink. Toe dit voel asof 'n swerm bye in sy kop gons, sien hy die hele werf lê vol wit klippies.

Eers pik hy een klippie op en gooi dit **ploeps!** in die beker. Toe nog een en nog een en nog een. Elke keer styg die water 'n bietjie.

Kraai is so opgewonde oor sy slim plan dat hy sommer stukke beter voel. "As daardie klomp nefies darem nou hul slim oom kan sien!" spog hy.

In 'n japtrap is daar genoeg klippies in die beker sodat Kraai die water kan bykom. Hy drink en drink en drink tot die stofpad in sy keel soos 'n nare droom voel. Toe strek hy sy vlerke en vlieg die laaste ent met 'n lied in sy hart ... en 'n klippie in sy onderbaadjiesak.

Net ingeval hy tog lus kry om 'n bietjie te spog.

Een klein treetjie op 'n slag help jou om jou doel te bereik.

HAAS
en die boelies

Lank gelede, voordat daar nog 'n paashaas was, het die diere net mooi niks van hase gehou nie.

Daarvan kan Haas jou alles vertel. Sy vrou is nie na teepartytjies genooi nie. Haas mag nie by die gholfklub aangesluit het nie en hul string kinders is by die skool afgeknou. Om die waarheid te sê, daar het nie 'n dag verbygegaan sonder dat Haas en sy hele gesin geboelie is nie.

Op 'n dag kom een van Haas se kinders weer in trane by die huis. Ystervark en sy maat het haar biblioteekboeke in die modder gegooi.

"Genoeg is genoeg!" sê Haas se vrou vies. "Van nou af speel julle net waar ek julle kan sien."

'n Ruk lank gaan alles goed. Haas se kinders bou boomhuise en speel plaas-plaas en kleur in. Maar toe kom die winter en dit reën dag en nag. Die klein hasies staan met hul snoete teen die vensters en teken prentjies in die wasem.

"Toe maar," troos Haas se vrou. "Een van die dae is dit lente, dan gaan ons piekniek hou."

"Regtig-egtig, Mamma?" wil die oudste hasie weet.

"Regtig-egtig!" belowe Haas se vrou. "Die eerste dag van September pak ek vir ons die lekkerste kos in wat julle nog geëet het. Dan stap ons bos toe en hou heeldag lank piekniek."

"En laat iemand dit net waag om ons pret te bederf!" sê Haas met 'n diep stem en wys kamtig sy spiere.

Die klein hasies rol soos hulle lag. "Ja, laat iemand dit net waag om ons pret te bederf!" aap hulle hul pa na.

Haas se vrou glimlag tevrede. Toe haal sy 'n kalender uit die laai en trek 'n kring om 1 September.

Van toe af trek sy elke aand voor die hasies gaan slaap 'n strepie deur die dag wat verby is. Dan sê al die hasies in 'n koor: "Laat iemand dit net waag om ons pret te bederf!"

Sodra al die hasies slaap, spring Haas se vrou aan die werk. Sy maak vir elke lid van die gesin 'n spesiale sonhoed vir die baie spesiale dag waarna almal so uitsien.

Die winter kruip soos die groot bruin slak in die tuin stadig maar seker verby. Toe die hase hul oë uitvee, is dit Lentedag.

Die son het skaars sy kop uitgesteek of Haas en sy gesin stap in 'n lang ry met hul splinternuwe sonhoede bos toe. Heel voor stap Haas. Vandag vat hy nie nonsens nie. Niks en niemand gaan sy gesin se pret bederf nie.

Die heel kleinste hasie stap agter. Haar hoed is 'n bietjie te groot en val kort-kort oor haar oë. Sodra dit gebeur, gryp sy haar ouer sussie se stomp stertjie.

"Wat het dan van al die boelies geword?" wonder Haas se vrou toe almal veilig in die bos aankom.

Voordat Haas kan antwoord, spits die oudste hasie sy lang ore: "Wat klink so, Pappa?" wil hy bang weet.

"Ja, wat klink so?" wil al die ander hasies ook nou weet.

Voordat Haas nog kan rondkyk, storm 'n trop wildeperde op hulle af.

"Julle rafel lekker uit!" runnik 'n yslike swart hings.

"Dis tyd dat julle 'n les leer!" proes 'n kolperd kort op sy hakke.

Teen hierdie tyd hoef niemand meer vir Haas en sy gesin te leer om die hasepad te kies nie. Dit gebeur sommer vanself. Voordat nog 'n astrante perd iets leliks kan sê, sien jy net ore en sterte. Haas en sy gesin lê plat soos hulle hardloop. Jy sien net sonhoede en piekniekkos spat.

"Dam toe, kinders! Dam toe!" skree Haas terwyl sy vrou in die hardloop tel of al die kinders daar is.

"Wil jy hê ons moet almal verdrink?" roep sy so tussen die tellery deur.

"Eerder verdrink as om platgetrap te word!" roep Haas en tel 'n hasie wat agter raak aan sy kruisbande op.

"O, lente, liewe lente!" roep Haas se vrou hyg-hyg.

Die hele haasgesin storm soos een man tussen die riete deur langs

33

die dam. Skielik is hulle nie meer alleen nie. Honderde paddas skrik hulle boeglam en laat spaander in alle rigtings.

Die hase land **ploep! ploep! ploep!** soos kurkproppe in die dam wat toe glad nie so diep is nie.

Vir 'n kort rukkie is dit tjoepstil.

Toe bars Haas uit van die lag. Nie lank nie of sy vrou en kinders lag saam.

Die perde steek in hul spore vas. "Wat is fout met hulle?" wil die yslike swart hings weet.

"Kom ons gaan huis toe," sê die kolperd. "Dis niks lekker om iemand te boelie wat vir jou lag nie."

Toe al die perde weg is, klim Haas en sy gesin uit die dam.

"Sien julle," sê hy. "Niks is ooit so erg soos wat 'n mens dink nie. Die paddas is toe al die tyd bang vir ons!"

En toe lag die hase weer van voor af.

Daar is
altyd iemand
met wie dit
slegter gaan
as met jou.

OLIFANT
se geheim

*L*ank gelede, voordat mense bang vir donderweer was, was daar 'n yslike leeu. Hy was groot en sterk met 'n **wilde, woeste** maanhaar en twee groot geel oë onder 'n **wilde, woeste** kuif.

Aan elke poot was **wilde, woeste** kloue so skerp soos messe. In sy bek was 'n stel **wilde, woeste** tande wat alles middeldeur wou byt.

Daar was net een probleem. Die **wilde, woeste** leeu wou hom doodgril as 'n haan kraai. Al die diere het gedink dis die grap van die jaar. Net Leeu het nie gedink dis snaaks nie. Om so stert tussen die bene weg te hardloop as 'n simpel haan kraai, was vir hom 'n vreeslike skande. Genoeg om elke keer te wens die aarde sluk hom in.

Op 'n dag skraap Leeu al sy moed bymekaar en gaan kla by die Skepper. "Jy is die grootste, sterkste dier in die bos. Waardeer wat jy het en hou op kla!" sê die Skepper.

Leeu is dae lank dikbek. Hy lê in sy grot en luister hoe sy maag rammel. Nie eers vet Bosvark met 'n string sappige kleintjies kan hom daar uitlok nie.

Sê nou daardie vervlakste haan kraai weer? Hy kan mos nie weer sy naam so voor almal deur die modder sleep nie.

'n Paar dae later wei Olifant en haar kleintjie voor die grot. Toe dit skielik begin reën, hardloop hulle by die grot in. Leeu is dadelik vies, maar Olifant en haar kleintjie is so vrolik en gesels so lekker dat Leeu homself nie kan help nie. Toe hy sy oë uitvee, gesels hy saam. Hy neem selfs die kleintjie dieper die grot in om haar te wys waar Vlermuis en sy familie onderstebo hang.

Terwyl hulle gesels, flap Olifant kort-kort haar ore. Leeu kom dit eers glad nie agter nie, maar Olifant bly heeltyd flap-flap, flap-flap.

Leeu wonder eers of dit 'n slegte gewoonte is. Toe kom hy agter dat die kleintjie haar oortjies ook die heeltyd flap. Hy brand van nuuskierigheid, maar is heeltemal te bang om te vra. Netnou vervies Olifant haar en klap hom met die slurp.

Toe Olifant weer haar ore flap, kan Leeu dit nie meer hou nie. Hy wil nog keer, toe het hy al klaar vir Olifant gevra waarom sy haar groot ore so flap.

Olifant glimlag soos iemand wat 'n geheim al baie lank bewaar. Sy wink Leeu met haar slurp nader. "Kan jy 'n geheim hou?" wil sy saggies weet.

Leeu knik en gaan staan so styf teen Olifant dat hy haar warm grasasem kan ruik.

"Sien jy vir Muggie?" fluister Olifant en beduie na 'n piepklein swart kolletjie wat om Olifant se kop vlieg.

"Ek sien hom," fluister Leeu in Olifant se groot grys oor.

"As hy in my oor beland, is dit klaarpraat met my. Bokveld toe! Kapoet!"

"Haai, regtig?" wil Leeu verbaas weet.

"Sowaar as wat padda manel dra," sê Olifant en gril tot in haar reuse-kleintoontjies. "Dis hoekom ek my ore bly flap – om Muggie daar uit te hou."

Leeu voel skielik stukke beter. "As 'n yslike olifant bang is vir Muggie, hoef ek mos nie skaam te wees omdat ek bang is vir Haan wat tienduisend keer groter is nie!" sê hy vir homself.

"En nou?" wil Olifant weet.

"Ek is klaar met hierdie grot," brul Leeu skielik dat die boomwortels bewe. "Ek gaan terug bos toe. En van nou af gaan ek gril soos ek wil!"

Jy hoef nie skaam te wees omdat jy bang is nie, al is jy hoe groot.

TAKBOK
word siek

E endag lank gelede, voordat Kersvader nog 'n slee gehad het, was daar 'n groot, sterk takbok met yslike horings.

Takbok het nie baie gepraat nie, maar hy het baie geweet. En hy het die diere van die bos stil-stil gehelp as hulle 'n probleem het. Daarom het ma's hul babas van kleins af geleer om groot respek vir Takbok te hê. Tot Wolf het sy beste voetjie voorgesit as Takbok naby was.

Niemand was seker of hy bang vir Takbok se horings was of skuldig gevoel het oor al die plannetjies wat hy en Jakkals besig was om te beraam nie.

Op 'n dag begin Takbok nies.

Die volgende dag is hy hees en sy keel is seer.

"Dit klink nie goed nie," sê Beer en gee vir hom van die heuning wat sy vir haar kleintjies uitgehaal het.

Nie lank nie of Takbok hoes dat die bos bewe. Ooievaar bring 'n geklitste eier wat hy kan gorrel. Muis en haar kleintjies dra vars bessies aan en Nagtegaal sing 'n spesiale liedjie.

Dit alles help niks. Takbok voel of sy kop wil bars.

Kort voor lank pyn sy hele lyf en bly hy in die gras lê.

Die nuus versprei soos 'n veldbrand.

Die diere van die bos kom van ver af om te sien hoe dit met Takbok gaan. Hulle staan rond en fluister om hom nie te steur nie. Nou en dan vryf verpleegster Aap sy breë rug.

Elkeen wat kom, hap 'n paar monde gras voordat hy weer in die pad val. Na 'n paar dae is die heuwels rondom Takbok kaal gevreet. Nêrens is 'n groen sprietjie nie.

Die oggend nadat die laaste diere weg is, voel Takbok effens beter. Daar is net een probleem. Hy is te swak om op te staan om kos te soek.

Arme Takbok.

Die enigste kos het sy eie vriende sowaar reg onder sy eie snoet opgevreet — sonder om twee keer te dink.

Onbedagsame vriende kan jou meer kwaad as goed doen.

40

DONKIE
se lang pad
dorp toe

Eendag lank gelede, voordat boontjie nog sy loontjie gekry het, het Donkie aan 'n man en sy seun behoort. Hulle het elke Saterdag vroeg opgestaan om mark toe te gaan. Dan het die man sy beste hemp met die tossels aangetrek en die seun het sy naels geborsel. Terwyl sy ma vir hulle padkos ingepak het, het hy vir Donkie in die stal gaan haal.

Donkie het graag mark toe gegaan. Daar was baie om te sien en te ruik en duisende geel blomme om aan te knibbel langs die pad.

Soms het die seun vir Donkie 'n strooihoed opgesit. Dan het hy hom spoggerig gehou en **hoogtrap-hoogtrap** aan sy tou getrippel.

Een Saterdag is die drie weer op pad mark toe. Die man en sy seun stap voor. Donkie kom agterna aan sy tou. Nie lank nie of 'n boer kom verby. "Julle is darem dom!" roep hy en swaai sy arms. "Hoekom stap julle as julle 'n donkie het om op te ry?"

Die man kyk na die seun en die seun kyk na die man. "Gedoriewaar!" sê albei gelyk. Toe tel die man sy seun op Donkie en daar trek hulle.

Nie lank nie of 'n groep vriende kom verby. **"So 'n lui lummel!"** sê een vies. "Sy arme pa moet stap terwyl hy lekker ry!"

Die man kyk na die seun en die seun kyk na die man. "Gedoriewaar!" sê albei gelyk. Toe klim die seun af en die man klim op om verder op Donkie se wollerige rug te ry.

Nie lank nie of twee vroue kom verby. Die een steek amper haar vinger in Donkie se oog soos sy na die man op sy rug wys. "Sies, jy is 'n slegte pa!" raas sy. "Jy sit hoog en droog terwyl jou arme seun moet stap. Skaam jou!"

Die man kyk na die seun en die seun kyk na die man. Nou is hulle deurmekaar. Eers mag die een nie loop nie. Toe mag die ander een nie ry nie. Uiteindelik tel die man sy seun voor hom op die donkie. So ja, nou kan albei op Donkie se wollerige rug ry.

Donkie skud net sy kop. *"Die pad dorp toe was nog nooit so lank nie!"* sug hy en draf verder.

Die man en seun is skaars in die dorp of 'n klomp houtkappers wys in Donkie se rigting. Teen hierdie tyd is die man siek en sat vir al die aanmerkings. Hy stop so vinnig dat sy seun amper afval.

"En waarna wys julle miskien?" wil hy vies weet.

"'n Mens laai nie 'n dier so swaar nie!" raas 'n houtkapper met 'n woeste baard en 'n yslike byl.

Die man kyk na die seun en die seun kyk na die man.

Woerts! klim hulle van Donkie af. Die man krap sy kop terwyl hy dink. Die seun kou aan sy lip terwyl hy dink. Al meer mense daag op. Hulle het die petalje gehoor en wil sien wat aan die gang is.

"Kom-aan!" sug Donkie. "Ons gaan nooit in die dorp kom nie."

Een, twee, drie tel die man en seun vir Donkie op.

Die mense rol in die pad soos hulle lag.

"Die sirkus is hier! Die sirkus is hier!" roep die kinders en dans vooruit.

"Dit sal die dag wees!" besluit Donkie en gee 'n harde skop. Toe hardloop hy dat die stof so staan.

"Julle het jul les geleer," sê 'n ou man. Toe tel hy Donkie se hoed op en gee dit vir sy eienaars.

'n Mens kan nooit almal tevrede stel nie.

45

Mevrou KRAP wil spog

Eendag lank gelede, voordat seevoëls nog slaptjips gesteel het, het Mevrou Krap op die bodem van die groot blou see gewoon. Sy was net so rooi soos al die ander krappe. Sy het ook ag pote, twee knypers en twee ogies op steeltjies gehad. Al wou sy dit nie glo nie, het sy net so skuins oor die sand soos al die ander krappe gesukkel.

Mevrou Krap het net een seun gehad. Sy naam was Kordaat. Hy het presies dieselfde rooi dop, ag pote, twee knypers en twee ogies op steeltjies gehad. Sy bene was net baie krommer.

Mevrou Krap wou baie graag hê Kordaat moes spesiaal wees, maar verniet.

"Onthou, Kordaat, ons is nie soos ander krappe nie!" het sy ma elke aand gewaarsku wanneer sy hom in die bed sit.

En elke aand wou Kordaat weet: "Wat maak ons anders, Ma? Ons lyk dan soos die ander krappe en ons loop soos hulle."

"Ons lyk dalk soos daardie klomp skollies, maar ons is beslis nie soos hulle nie!" het Mevrou Krap elke aand gesê en haar ogies op hul steeltjies gerol.

"Jou oupagrootjie was nie van hier nie. Hy het in 'n balie op 'n skip ver oor die see gekom. Ek sal jou nog wys waar hy voet aan wal gesit het."

Kordaat het niks gesê nie en net aan die punt van sy knyper gesuig tot hy aan die slaap geraak het.

Een oggend sing Mevrou Krap douvoordag: **"Opstaan! Opstaan!** Dis 'n heerlike dag. Die son die skyn, die branders wag!"

Kordaat is glad nie lus vir opstaan nie. Ook nie vir sy ma se gesing nie.

"Kom, kom, kom!" jaag Mevrou Krap hom aan. "Vandag gaan ons 'n ent stap. Dis tyd dat jy sien waar jou oupa voet aan wal gesit het. Onthou om jou te gedra as ons op die strand kom. Ek wil nie hê die landdiere moet dink ons seediere het nie maniere nie."

Kordaat sug diep en val skuins agter Mevrou Krap in die pad. Nie lank nie of 'n yslike brander laai die twee op en spoel hulle op die strand uit.

"So ja!" sê Mevrou Krap en haal 'n stuk seewier van haar dop af.

"Kom hier, sodat ek kan sien of jy ordentlik lyk. Ek wil my nie skaam nie."

Kordaat staan tjoepstil sodat Mevrou Krap 'n bruin streep van sy een knyper kan afvee. "Stap voor dat ek 'n ogie oor jou kan hou," sê sy en staan eenkant sodat Kordaat kan verbykom.

'n Ruk lank stap hulle in stilte. Kordaat luister na die branders en die meeue en die wind wat saggies oor die seeskuim suis.

"Jy stap te skuins," raas Mevrou Krap skielik oor sy skouer. "Wat sal die landdiere nie van ons dink nie?"

"Ek stap nes altyd," kla Kordaat.

"O nee! As jy nie skeef na links stap nie, dan trap jy skeef na regs. Stap reguit vorentoe!" raas Mevrou Krap.

Kordaat steek vas. Teen dié tyd is hy siek en sat. "Kom stap Ma voor en wys my hoe 'n krap nou eintlik moet stap. Dan volg ek in jou spore."

Mevrou Krap wou nog keer, maar dit was te laat. Sy het **skeef-skeef** aangesukkel tot waar Kordaat se oupagrootjie aan wal gekom het. Kordaat is **skeef-skeef** agterna, maar hy het glad nie omgegee nie.

Hy was van een ding seker.

Sy ma sou nooit ooit weer probeer spog nie.

Moenie van ander verwag wat jy nie kan regkry nie.

LEEU
en sy vriend, die slaaf

Eendag lank gelede, toe mense en diere nog dieselfde taal gepraat het, was daar 'n leeu met 'n doring in sy poot. Hy het soveel pyn gehad dat hy diep in 'n grot gaan wegkruip het.

Op 'n dag vlug 'n slaaf van sy meester af weg. Hy besluit om in dieselfde grot weg te kruip. Nie lank nie of hy loop in die leeu vas.

Die slaaf skrik hom boeglam en wil weghardloop. Maar die leeu se poot is so geswel dat hy dit nie oor sy hart kan kry nie. Uiteindelik skraap hy al sy moed bymekaar, haal diep asem en stap voetjie vir voetjie tot by die leeu.

"Mag ek jou help, liewe Leeu?" wil hy skrikkerig weet.

Leeu kreun saggies en hou sy poot uit. Die slaaf kniel en sit Leeu se groot poot op sy skoot neer. Toe ondersoek hy dit deeglik.

"Hier is die karnallie!" sê hy na 'n rukkie en trek die doring versigtig uit. In 'n japtrap draai hy 'n lap om Leeu se poot.

Leeu lek die slaaf se hand en spin soos 'n kietsiekat. Die slaaf kan sy ore nie glo nie. Hy sit sy arms om Leeu se nek en raak uitgeput teen sy groot, warm lyf aan die slaap.

So gebeur dit dat die twee 'n ruk lank gelukkig saamwoon. Die slaaf verpleeg Leeu se poot en vryf sy ore as hy nie lekker voel nie. Leeu hou weer sy vriend warm en veilig. Hy begin ook stadig maar seker jag sodat hulle 'n stukkie vleis het om te eet.

Op 'n dag hoor die twee stemme. Dis jagters. Hulle is op pad na die grot.

Voordat Leeu en sy vriend nog planne kan beraam, het die jagters hulle gevang. Leeu word in 'n hok gesit en sy vriend se hande en voete word vasgebind. Albei word stad toe geneem.

Leeu moet nou in 'n groot arena voor 'n skare veg. Hy hou niks daarvan nie.

Sy vriend, die slaaf, word aan sy eienaar teruggegee. Hy word voor die hof gebring omdat hy ontsnap het. Sy straf is om teen 'n wilde dier te veg.

Die dag van die groot geveg kom almal kyk. Die keiser en sy gesin is ook daar. Eers word die slaaf tot in die middel van die arena gebring. Hy bewe en knyp sy oë styf toe.

Die skare gil en skree. Hulle kan nie wag dat Leeu uit sy hok onder die arena losgelaat word nie. Meteens gaan die hek oop.

Leeu storm in 'n stofwolk op die slaaf af.

Skielik steek hy vas en snuif die lug. Dis dan sy vriend wat die doring uit sy poot gehaal het. Hy stap nader en begin soos 'n kietsiekat spin.

Die slaaf maak eers sy een oog stadig oop. Toe maak hy sy ander oog op. Dis sowaar sy vriend, Leeu!

Hy gooi sy arms om Leeu se nek en soen hom tussen sy groot geel oë. Leeu lek sy vriend se wange en lag met 'n lang pienk tong.

Die skare is so stil dat jy 'n speld kan hoor val.

"Bring die jongman hier!" beveel die keiser. Toe vertel die slaaf vir die keiser die hele storie. "Van vandag af is julle albei vry!" sê die keiser. "Drie hoera's vir Leeu en sy vriend!"

"Hoera! Hoera! Hoera!" juig die skare.

Daardie aand, toe die son ondergaan, sit Leeu en sy vriend voor hul grot.

Al sê hulle niks, weet hulle iets wonderliks het vandag gebeur.

Welwillendheid word altyd beloon.

MUIS
word generaal

Eendag lank gelede, toe muise nog viool kon speel, was daar 'n oorlog. Die muise was siek en sat vir die wesels se manewales. En die wesels was keelvol vir die muise se moleste.

Een oggend vroeg, voor die dorpenaars wakker word, kom die hele klomp op die plein in die middel van die dorp bymekaar.

Die muise is gewapen met stokke en hoenderbene en ketties. Die wesels is gewapen met pendorings en bolle boomgom. Nie lank nie of die klomp spring aanmekaar. Jy sien net hare en tande waai.

Toe alles verby is, bly 'n klomp muise morsdood lê. Die wat kan, hardloop weg. En die paar wat beseer is, staan nie 'n kans nie. Die wesels vreet hulle

op en spoeg die pienk sterte soos kougom uit.

Net een muis bly oor. Hy is so kwaai en smaak so bitter dat die een na die ander wesel sy neus vir hom optrek.

Net daar kry Muis 'n plan.

'n Maand later is die muise wat dood en op-gevreet is, se families douvoordag op die dorpsplein. Hierdie keer is dit nie om oorlog te maak nie, maar om planne te beraam.

Muis klim op 'n emmer. Die res van die muise juig en klap hande.

"Welkom, liewe vriende!" roep Muis. "Ons is hier om koppe bymekaar te sit. Die wesels het ons nou lank genoeg verniel. Dis tyd om terug te slaan."

"Slaan terug! Slaan terug!" dreunsing 'n klomp jong muise.

"Dit help nie 'n mens baklei net nie," roep 'n ou grys muis met 'n ry medaljes voor sy bors. "'n Mens moet slim baklei."

"Daarvoor het ons 'n generaal nodig om vir die soldate bevele te gee!" roep 'n sterk muis wat al deur 'n paar oorloë met die wesels is.

Die res van die muise juig en gooi hul pette in die lug.

"Jy kan ons generaal wees!" roep die ou muis vir Muis.

Muis is in sy skik. Toe hy sy oë uitvee, het hy 'n groot helm met 'n rooi pluim op sy kop.

"So ja," sê die ou grys muis in sy skik. Nou kan jou soldate jou maklik op die slagveld raaksien.

Na 'n ruk gaan almal tevrede huis toe.

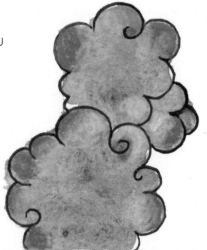

Van een ding is die muise seker. Hierdie keer gaan die wesels hulle vasloop!

Nie lank nie of die dag van die groot geveg breek aan. Generaal Muis marsjeer voor met sy groot helm op. Hy is te spoggerig vir woorde. Niemand sal dink dat hy net nou die dag nog 'n gewone muis was nie. Agter hom marsjeer sy soldate.

Kort voor lank word daar geveg dat die stadsplein dreun. Almal luister mooi na Generaal Muis se bevele, maar dit help niks. Hulle verloor weer. Soos blits verdwyn die muise in hul gate. Dis een plek waar die wesels hulle nie in die hande kan kry nie.

Net generaal Muis het 'n probleem. Sy helm is heeltemal te groot om in die gat te pas. Hy steun en kreun nog om in te kom, toe gryp 'n wesel hom.

Al wat oorgebly het, was 'n nat kol en 'n geknakte rooi pluim.

Jy gaan jou vasloop as jy dink jy is beter as ander.

KRAAN-VOËL
kom help

Eendag lank gelede, voordat Jakkals en Wolf nog kwaaivriende was, was daar 'n honger wolf.

Op 'n dag besluit hy om te gaan jag en sit 'n vet takbok agterna. In 'n japtrap lê die takbok bene in die lug. Wolf is baie in sy skik. Hy lek sy lippe af en begin vreet.

Aasvoël en Hiëna sien die feesmaal. "Hallo, Wolfie!" roep hulle. "Mag ons saam partytjie hou?"

"Skoert!" raas Wolf en gooi die twee met klippe.

Aasvoël koes en vlieg vies weg, maar Hiëna gee nie moed op nie. Hy draf al om Wolf en koggel: "Van alleen smul aan murg kom lekker wurg!" Toe val hy met 'n skewe draffie in die pad.

"Ag, gaan slaap in die Kaap!" roep Wolf met 'n bek vol vleis agterna.

Wolf se woorde is skaars koud, toe steek 'n beentjie in sy keel vas. Eers probeer hy om dit in te sluk, maar die beentjie is te groot. Toe probeer hy om dit uit te hoes, maar die beentjie steek dwars vas. Later probeer Wolf homself op die rug slaan sodat die beentjie kan uitspring, maar verniet.

Hy hoes en proes en hyg vir 'n vale. Sy keel is later so seer, dit voel asof Ystervark daarin gerol het.

"Help ... Help ..." soebat Wolf met 'n flou stemmetjie.

Die diere van die bos daag een na die ander op om te kom kyk. Niemand wil help nie. Hulle is te bang vir Wolf se skerp tande.

Kort voor lank is Wolf asvaal. Hy lê op 'n hopie en snik: "Ek gee alles wat ek het vir die dier wat die beentjie kan uitkry."

Kraanvoël het die hele petalje gesien en kan Wolf se gekerm nie 'n minuut langer uithou nie. Sy stap nader en gee hom 'n kwaai kyk. "Bly stil en maak oop jou bek," sê sy uit die hoogte.

Wolf kan sy ore nie glo nie. Hy is dadelik tjoepstil en maak sy bek wyd oop soos 'n stroopsoet wolf.

Kraanvoël staan op haar tone en kyk diep in Wolf se keel af. Toe steek sy haar bek op die regte plek in en wikkel die beentjie los.

"So ja," sê sy en gee die beentjie vir Pelikaan aan wat nader gekom het om die dapper voël te help.

Wolf glimlag so breed dat Pelikaan skoon bang raak, maar Kraanvoël staan vas. "Kan ek nou die beloning kry wat jy belowe het?" vra sy.

"Wat?" wil Wolf vies weet. "Jy het daardie dun nekkie van jou diep in my keel gedruk en weer veilig uitgehaal. Is dit nie 'n groot genoeg beloning nie?" raas hy en draf snoet in die lug weg.

Gulsigheid en dankbaarheid is nie goeie maats nie.

BEER
en die lafaard

Eendag lank gelede, toe elke bos nog 'n regte beer gehad het, was daar twee houtkappers. Een was lank en maer en die ander was kort en vet. Hulle het die bos so goed soos die palms van hul growwe hande geken.

Elke oggend het die twee douvoordag met hul byle in die pad geval. Die meeste van die tyd het hulle land en sand gesels, maar op koue oggende het hulle gesing om warm te word. Dan het die kort houtkapper sy fluit uitgehaal en begin speel. In 'n japtrap het die voëls in 'n wolk agter hulle aangefladder om saam te sing.

Een oggend stap hulle verby Beer se slaapplek. Hy hoor die musiek en roer sy ore. Toe loer hy uit sy snoesige den. "Twee vir die prys van een!" glimlag Beer en lek sy lippe af.

Die houtkappers sing en speel nog so vrolik, toe grom Beer op hul hakke.

"Help, 'n beer!" gil die lange. Hy hardloop tot op 'n rivierwal en klim in 'n boom. Toe klouter hy tot in die hoogste takke en bly daar sit en bewe. **Kort-kort** loer hy om te sien wat met sy vriend gebeur.

Die kort houtkapper wil nog sy vriend aan die arm gryp, toe is hy skoonveld. Al raad is om op die grond neer te val en met sy gesig in die stof te bly lê. Hy hou sy asem op en kruis sy vingers dat Beer moet dink hy is dood.

Beer stap stadig nader. Eers snuffel hy aan die houtkapper se oor, toe aan sy lyf, en heel laaste aan sy voete.

"Definitief dood!" besluit Beer vies en val **grom-grom** in die pad om lewende vleis te soek.

Nie lank nie of Beer vang 'n vis reg onder die boom waarin die ander houtkapper sit. Nadat hy die vis verslind het, gee hy 'n **la-a-ang gaap** en raak vas aan die slaap.

Die houtkapper klim stilletjies uit die boom en sluip tot by sy vriend wat intussen opgestaan het.

"En wat het die beer in jou oor gefluister?" wil hy kamtig weet.

Die kort houtkapper tel sy fluit op en stof dit af. Toe sê hy: "Die beer het gesê 'n vriend wat weghardloop as jy hom nodig het, is 'n lafaard!"

En van daardie dag af het die kort houtkapper **fluit-fluit** op sy eie gaan hout kap sonder dat Beer hom ooit weer gepla het.

Moet nooit 'n vriend vertrou wat jou in die steek laat as jy hom nodig het nie.

64

JAKKALS
word gewild

Eendag lank gelede, voordat jakkalse nog skelmstreke gehad het, was daar een wat baie alleen was.

"A nee a!" kloek Hen toe sy hom weer een oggend alleen oor die werf sien stap. "Kom drink vanmiddag vieruur saam met my en my vriendinne tee."

Jakkals is nie baie lus nie, maar hy is ook moeg van alleen wees. Toe Hen se koekoekhorlosie vieruur slaan, klop Jakkals aan die hoenderhok se deur.

Hen skink tee en sny vir hom 'n yslike stuk koek. Die res van die henne val oormekaar om Jakkals welkom te laat voel. Nie lank nie of hy kuier 'n hond uit 'n bos en help 'n groot wit hen om 'n pienk doilie te hekel.

Toe dit tyd is om huis toe te gaan voel Jakkals splinternuut. **"Mapstieks!** Ek het nooit geweet kuier is so lekker nie!" glimlag hy en vee die versiersuiker uit sy snor.

"Ek hoor jy het so lekker gekuier," runnik Perd toe Jakkals verby sy stal stap.

Jakkals vertel vir Perd van die koek en tee en die pienk doilie. Perd is so verbaas jy kan hom met 'n veer omtik.

"Vrou, kom luister hier!" roep hy.

Perd se vrou laat haar nie twee keer nooi nie en loer ook oor die staldeur. "My maggies, Jakkals, jy raak gewild!" sê sy in haar skik.

Jakkals hoor haar nie eers nie. Hy praat land en sand asof hy kuier uitgevind het.

Toe dit begin reën, nooi Perd en sy vrou vir Jakkals om in hul stal te slaap. "Nog twee vriende!" dink Jakkals daardie aand tevrede voordat hy snoesig tussen die hooi aan die slaap raak.

Die volgende oggend val Jakkals douvoordag in die pad. "Waar-heen is jy so haastig op pad?" wil Bul weet. "Ek het gistermiddag by Hen koek en tee gehad en geleer om 'n doilie te hekel. Gisteraand het ek by Perd en sy vrou in hul droë stal geslaap en nou is ek op pad huis toe," sê Jakkals in sy skik.

"Dan raak jy mos nou gewild!" sê Bul met sy diep stem en vertel vir Ram wat nuuskierig nader staan.

Skielik bars 'n kabaal los. Dis honde wat blaf, hoewe wat dreun en beuels wat blaas.

Jakkals bewe van kop tot tone.

"Dis jagters en hulle soek na my!" fluister hy benoud. "Ram, sal jy hulle asseblief met jou horings stamp?"

"Ek is jammer. Honde is heeltemal te lief vir skaaptjops!" sê Ram en maak dat hy wegkom.

"Bul, jy is sterk en kwaai. Sal jy asseblief die jagters bang maak?" soebat Jakkals terwyl hy aan Bul se een been vasklou.

"Ek is jammer. Ek het 'n afspraak," sê Bul. Toe skud hy Jakkals los en draf weg.

Jakkals hardloop dat hy plat lê tot by Perd se stal. "Perd, jy is vinnig en dapper. Sal jy asseblief met my op jou rug wegjaag?"

"Ek is jammer. Ek het werk om vir die baas te doen," sê Perd.

"O gonnatjie Piet! Wat nou?" prewel Jakkals en skiet soos 'n pyl uit 'n boog na Hen se hoenderhok, duik tussen haar klomp kuikens in en trek die pienk doilie oor sy kop. Daar bly hy lê tot die laaste jagter en hond agter die bult verdwyn.

"En nou?" wil Hen weet.

"Ek wil nooit weer gewild wees nie," fluister Jakkals.

"Ag, toe maar, jy hoef nie," sê Hen. "Ek maak vir ons tee en gaan haal vir jou jou eie hekelpen."

As jy baie vriende het, beteken dit nie jy kan op almal staatmaak nie.

KRAAI
droom groot

Eendag lank gelede, toe kraaie nog in kerktorings gebly het, was daar 'n arend. Sy het 'n nes met kuikens op 'n hoë krans gehad. Elke dag het sy afgekyk op die wêreld daar ver onder.

Een oggend, terwyl sy en haar kuikens in die winterson sit, sien sy iets kleins en wits in die verte roer. Arend duik van haar krans af en sweef oor die veld. Dis sowaar 'n spekvet lam.

Sy gryp die lam in haar sterk kloue en vlieg terug na die krans. Haar kuikens wag met oop bekkies. Hulle kan nie wag om hul magies trommeldik te eet nie.

Kraai, wat daar naby in die kerktoring gesit het, is verstom. "Dis die grootste vlerke wat ek nog in my hele lewe gesien het!" vertel hy vir Kerkmuis. "Om nie te praat van daardie sterk pote nie. Ek hoor net **swoesj!** toe is daardie lam weg!"

Kerkmuis wil nog iets sê, maar Kraai hoor niks. Hy kla steen en been oor sy kort vlerkies en dun nekkie. "Ek sê vir jou, dís hoe 'n voël moet lyk!" sê hy dromerig.

'n Paar dae later loop Kerkmuis weer vir Kraai raak.

"En hoe gaan dit?" wil hy weet.

"Boeta, ek droom groot!" sê Kraai.

"Ek is klaar gesukkel met mossies en spreeus. Vandag gaan ek daardie lam se pa vang!"

Kraai duik uit die kerktoring en sweef eers oor die veld — net soos hy Arend sien doen het. Toe pyl hy reguit op Ram af en gryp hom met sy kloue vas. Ram is heeltemal te swaar. Kraai ruk en pluk. Hy hoes en hyg en klap sy vlerke. Dit help niks. Hy kry Ram glad nie van die grond gelig nie. Sy kloue draai net in Ram se wol vas.

Ram kyk vies om. "Wat dink jy doen jy!" blêr hy.

Skaapwagter sien wat gebeur en hardloop nader.

Teen hierdie tyd hang Kraai soos 'n groot, verlepte swart blom langs Ram se rug. Al wat Skaapwagter hoef te doen, is om Kraai los te knip. Toe haal hy sy padkos uit sy mandjie en sit Kraai binne-in.

Terug by die huis knip Skaapwagter Kraai se vlerke. Sy kinders spring op en af van opgewondenheid oor hul nuwe troeteldier.

"Watter soort voël is dit, Pappa?" wil hulle in 'n koor weet.

"Dis 'n kraai, skattebolle," verduidelik Skaapwagter.

"'n Kraai wat hom verbeel hy is 'n arend!"

Jy gaan uitgevang word as jy iemand probeer wees wat jy nie is nie.

JAGHOND
word haasmond

Eendag lank gelede, voordat honde nog onder mekaar se sterte geruik het, was daar 'n jaghond. Sy lyf was groot en sterk, net reg vir werk.

Jaghond se blink swart snoet kon 'n haas of 'n vlakvark kilometers ver uitsnuffel. Sy lang ore kon 'n speld hoor val. Sy lang bene kon hardloop soos die wind.

Jaghond se baas was baie trots op hom. Hy het die beste kos gekry en in 'n stewige houthok met 'n matras en twee warm komberse geslaap. Een keer per week is hy geborsel tot sy pels blink.

Jaghond was ook trots op sy baas. Bedags het hy by die hek gelê om seker te maak niemand val hom lastig nie. Snags het hy sy ore vir inbrekers gespits. Maar die lekkerste van alles was om saam met sy baas by die

vuur te sit. Dan het hy sy ken op sy baas se knie gesit en gewag dat sy ore gevryf word tot hy wil omval van die vaak.

Die jare kom en gaan soos die wolke wat oor Jaghond se hok seil. Een oggend toe Jaghond opstaan, is sy bene styf. Toe sy baas hom roep, sukkel hy om te draf.

Voor hy sy oë uitvee, val een van sy tande tjoeps! in sy kosbak.

Jaghond is skaam en steek die tand tussen sy komberse weg. Maar dis nie lank nie of nog een en nog een val uit.

"Jaghond is haasmond! Jaghond is haasmond!" koggel die tarentale op die werf.

Voordat Jaghond kan raas, val sy heel laaste tand tussen sy voorpote in die stof. Die tarentale lag dat hulle wil flou raak.

Jaghond sluip tot in sy hok en bly die res van die dag daar lê.

"Kom ons gaan jag, oubaas se honne!" sê Jaghond se baas die volgende oggend douvoordag terwyl hy sy perd opsaal. Jaghond wens die berge wil op hom val.

Jaghond staan styf-styf op en val in die pad. Hy hyg en blaas so ver as wat hy draf.

Meteens spring Wildevark voor hulle op. "Gaan haal hom, oubaas se honne!" roep Jaghond se baas en gee 'n lang fluit. Jaghond hardloop so vinnig as wat sy stywe bene hom kan dra en gryp Wildevark aan die oor. Maar omdat hy nie tande het nie, lag Wildevark net en ruk los. In 'n japtrap is hy skoonveld.

Jaghond sluip stert tussen die bene terug.

"Kom hier!" sê Jaghond se baas vies en maak sy bek oop. "Nes ek gedink het!" sê hy. "Al jou tande is uit. Jy is regtig oor die muur!"

Jaghond is op die daad vies. Hy maak sy bek so vinnig toe dat sy baas hom boeglam skrik.

"Ek makeer niks!" knor hy in sy gevaarlikste stem. "Net my liggaam het oud en swak geword. Dis met jóú wat daar fout is. Jy vergeet watter goeie waghond ek was!"

Tarentaal en sy maats het alles gehoor. Hulle stem saam. "Skaam jou! Skaam jou! Skaam jou!" koggel die hele trop nou vir Jaghond se baas.

Hy bloos bloedrooi tot in sy sokkies. Toe tel hy stil-stil vir Jaghond voor op sy perd en ry met hom huis toe. Daar maak hy 'n groot vuur en vryf Jaghond se ore tot hy vas aan die slaap is.

Respekteer iemand wat ouer as jy is.

TOR *sit* AREND *op sy plek*

Eendag lank gelede, toe die sandkorrels op die strand nog getel kon word, was daar 'n haas wat vir 'n arend gevlug het.

Hy het heen en weer gehardloop, maar die arend het hom soos 'n groot swart skaduwee bly volg.

Uiteindelik sien Haas 'n tor.

"Help, of ek word Arendkos!" soebat hy benoud.

"Jy kan op my staatmaak," sê Tor dapper. "Kom rus hier op die sagte groen gras."

Haas val uitgeput op die gras neer.

Tor wonder nog waar Arend is, toe klap haar vlerke soos 'n windmeul bokant hul koppe.

"Wie dink jy is jy?" wil Arend vies weet en trek haar oë op skrefies om Tor beter te sien.

"Ek is Tor! Lol met Haas en jy lol met my!" skree Tor uit volle bors, maar Arend hoor nie eers sy piepstemmetjie nie. Sy gryp Haas en vlieg met hom weg.

"Help! Help!" roep Haas so ver as wat Arend vlieg.

Tor is in 'n toestand.

Daardie nag kan hy nie 'n oog toemaak nie. Al waaraan hy kan dink, is Haas wat om hulp roep.

Die volgende oggend vlieg Tor tot op 'n hoë krans. Hier kan hy Arend se nes lekker sit en dophou.

Op 'n dag is daar 'n splinternuwe eier in Arend se nes.

"Aha!" sê Tor en klap hande. Toe sluip hy stilletjies tot in die nes. Daar swoeg en sweet Tor tot die eier uit die nes rol en katjoeps! fyn en flenters op die rotse val.

Kort voor lank lê Arend nog 'n eier.

Tor laat nie op hom wag nie en rol dit ook uit die nes.

Dieselfde gebeur met elke liewe eier wat Arend lê.

Arend kom glad nie agter dis Tor wat haar eiers uit die nes rol nie.

"As ek nog een keer katjoeps! hoor, raak ek mal!" snik Arend by haar buurvrou.

"Dalk moet jy vir Jupiter, die beskermheer van arende, vra om jou te help," beveel Arend se buurvrou aan.

Die volgende middag vlieg Arend na Jupiter.

"**Grote Jupiter,** help my asseblief om 'n veilige plek te kry om my eiers te lê," soebat sy.

"Alte seker," sê Jupiter. "Van nou af kan jy jou eiers hier in my skoot kom lê. Ek sal sorg dat niemand dit breek nie."

"Dankie!" roep Arend bly. Toe vlieg sy reguit na haar buurvrou om die goeie nuus te vertel.

Tor het alles gehoor. Hy is klaar besig om planne te beraam.

Arend weet van niks. Sy is te besig om eiers in Jupiter se skoot te lê. En om almal te vertel hoe gaaf Jupiter is om self haar eiers op te pas.

Terwyl Arend nog so klets, rol Tor 'n modderbal presies so groot soos 'n eier binne-in Jupiter se skoot.

"**Sies!** Waar kom hierdie modder-eier vandaan?" wil Jupiter vies weet en skud sy kleed uit.

Hy vergeet skoon van sy belofte én van Arend se eiers.

Katjoeps! Katjoeps! Katjoeps! val Arend se eiers fyn en flenters.

Arend probeer nie eers vlieg nie. Sy druk haar vlerke se punte in haar ore en hardloop so vinnig weg as wat haar kloue haar kan dra.

Van daardie dag af het arende nooit weer hul eiers in die seisoen gelê waarin torre volop is nie.

Al is jy klein, is daar altyd 'n manier om 'n boelie op sy plek te sit.

MUIS *en die kwaai berg*

Lank gelede, toe almal nog hul eie groente geplant het, was daar 'n reusagtige blou berg. Aan die voet van die berg was 'n piepklein dorpie. In die piepklein dorpie was 'n paar huise. In die huise het 'n paar gesinne gewoon.

Elke gesin het 'n skaap, 'n koei en 'n tuin gehad.

Die skaap het genoeg wol gegee sodat elkeen 'n warm trui en sokkies kon hê. Die koei het genoeg melk gegee sodat almal melk oor hul pap kon eet. Die tuin het genoeg vars groente en vrugte gegee sodat almal rooi wange en krulhare kon hê.

Tussen die huise het die blomme in die wind gewieg. Dis net mooi hier waar Muis en sy gesin hul huis in 'n boomstomp gemaak het.

Almal was lief vir die reusagtige blou berg. Die oupas en oumas het stories oor die berg vertel. Die skape en koeie het die soet gras teen sy hange geëet. Die kinders het wegkruipertjie in sy klipskeure gespeel en die dorpsorkes het sy nuwe liedjies op die krans bokant die dorp geoefen.

Muis en sy gesin was ook lief vir die reusagtige blou berg. Veral vir die tonnels wat diep binne-in die berg gekronkel het. Dit het hulle baie aan die tonnels in kaas laat dink. Daar was net een verskil. Dit was nie geel nie.

Wanneer die dorpenaars teen die berg se hange gejakker het, het Muis en sy gesin diep in die tonnels pret gehad.

Op 'n dag kom drie reisigers in die dorp aan.

"Die berg lyk nes 'n kwaai reus!" sê die een.

"Kyk, daardie skerp rotse lyk soos tande!" sê die ander.

"Hy gaan julle nog almal insluk!" waarsku die derde.

"Bog!" sê die dorpenaars.

Daardie aand, toe die son ondergaan, is almal skielik bang.

Sê nou die berg ís 'n kwaai reus?

Sê nou die skerp rotse ís tande?

Sê nou hul liewe blou berg besluit op 'n dag om hulle regtig in te sluk?

Skielik is die berg glad nie meer so mooi nie. Die oupas en oumas hou op om stories oor die berg te vertel. Die skape en koeie trek hul neuse vir die soet gras op. Die kinders speel nie meer teen die hange nie en die orkes oefen eerder in die kerksaal.

Muis en sy gesin het glad nie gehoor wat die reisigers gesê het nie. Hulle jakker nog vir 'n vale in die tonnels, so erg dat die berg stadig begin verkrummel.

Op 'n dag skud die berg. Die grond bewe onder die dorpenaars se voete en die vensters ratel. Almal hardloop hot en haar. "O genadetjie tog, die reisigers was reg. Vandag vreet die berg ons almal op!" skree hulle.

Skielik is daar 'n harde slag. Waar die orkes altyd geoefen het, is nou 'n groot gat. Die dorpenaars val op hul knieë neer en soebat: "Spaar ons! Spaar ons!"

Toe steek Muis sy kop oor die rand.

"Dit was nou vet pret! Kom, kinders, dis tyd om huis toe te gaan!" sê Muis en huppel saam met sy gesin straat-af.

'n Mens skop dikwels 'n groot bohaai oor niks op.

VIS en die fluitspeler

Eendag lank gelede, toe alle visse nog kon vlieg, was daar 'n visser. Hy het elke oggend met sy bootjie uitgeroei om sy nette te laat sak.

Elke aand het hy stokflou met leë hande by die huis gekom. En elke aand het hy by sy kwaai vrou raas gekry.

Op 'n dag steek 'n groot silwer vis sy kop bo die water uit. "Jy sal 'n plan moet maak," sê Vis en duik weg voordat die visser sy net kan gryp.

"Dis waar!" sug die visser. "As 'n vis vir my begin raad gee, sal ek seker 'n plan moet maak."

Daardie aand sien die visser skaars die stukkie brood en glas bokmelk wat hy vir aandete kry. Hy is heeltemal te besig om planne te beraam.

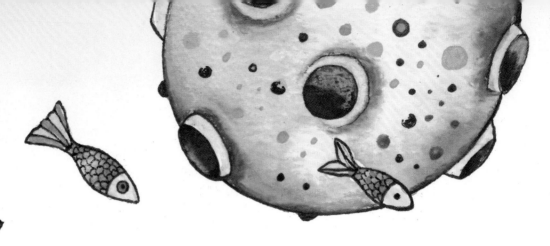

Sy kwaai vrou snork al, toe stap hy na sy vriend, die onderwyser, se huis.

Hy voel sommer baie beter nadat hulle twee koppe bymekaar gesit het.

Die volgende oggend staan die onderwyser douvoordag met 'n dik boek voor die visser se deur.

"En nou?" wil die visser se vrou kwaai weet.

"Meester gaan vir die visse stories lees," sê die visser met 'n vonkel in die oog. "Hulle gaan so baie daarvan hou dat hulle sommer vanself in die boot gaan spring!"

"Is julle laf?" kla die visser se vrou.

"Nee, ons is entrepreneurs," sê die onderwyser en gaan klim met sy dik boek in die bootjie.

Die visser stoot die bootjie bietjie dieper in en daar trek hulle.

Vis hou die hele petalje dop. In sy vislewe het hy al baie vissers sien planne maak. Maar hierdie plan is splinternuut.

Kort voor lank gooi die visser die anker uit en wys sy vriend kan begin lees.

Die onderwyser maak sy dik boek oop en lees die een storie na die ander, maar verniet. Die visse is so weg soos more heeldag.

Net Vis steek sy kop bo die water uit en fluister vir die visser: "Jy sal 'n ander plan moet maak …"

Die onderwyser weet van geen sout of water nie. Die visser besluit hy hoef ook nie te weet nie. Solank hy net lees.

Later is die arme man se wange so rooi soos twee tamaties gebrand.

"Vandag is ek in groot moeilikheid," sug die visser. "My vrou gaan nie net met my raas omdat ek met leë hande by die huis kom nie. Sy gaan sê ek is mal omdat ek dink visse hou van stories."

By die huis wag die visser geduldig tot sy vrou klaar geraas het. Toe eet hy sy aandete en klim in die bed. Hy is so moeg dat hy sommer dadelik aan die slaap raak.

Die volgende oggend staan hy soos gewoonlik douvoordag op. Hierdie keer haal hy sy fluit uit die kas en sit dit stilletjies in die boot. Toe roei hy na dieselfde plek waar hy en die onderwyser die vorige dag was.

"As die visse my musiek hoor, gaan hulle op die water dans. Dan kan ek hulle mos maklik vang!" sê hy en begin speel.

Eers is dit tjoepstil. Net Vis steek sy kop uit.

"Ons sal sien!" sê Vis met 'n tuitmond en duik weg.

Die visser laat hom nie afsit nie en val weer weg.

Heelwat later, toe sy kieste begin pyn, laat sak hy sy net. Toe hy dit 'n rukkie later optrek, is dit so vol visse dat die visser bang is dit skeur.

Hy lag en klap hande. Toe dop hy die net in die boot om. Dis net visse waar jy kyk. Reg in die middel is Vis se groot, blink lyf.

Die visser gryp weer sy fluit en speel die een vrolike wysie na die ander. Terwyl hy speel, flap Vis en sy vriende op maat van die musiek in die boot rond.

"Nou dans julle skielik!" lag die visser.

"Ja," antwoord Vis, "noudat jy ons gevang het, het ons nie 'n keuse nie."

Moenie in iemand se mag kom nie, anders moet jy maak soos hy sê.

Fluit-fluit
my storie
is uit!